질투의 힘

저자와
협의하여
인지 생략

〈나답게 청소년시집〉
질투의 힘

지은이 | 정두리
펴낸이 | 一庚 장소님
펴낸곳 | 답게

초판 인쇄 | 2019년 7월 15일
초판 발행 | 2019년 7월 20일

등 록 | 1990년 2월 2일, 제 21-140호
주 소 | 04994 서울시 광진구 면목로 29(2층)
전 화 | (편집) 02)469-0464, 02)462-0464
          (영업) 02)463-0464, 02)498-0464
팩 스 | 02)498-0463

홈페이지 | www.dapgae.co.kr
e-mail | dapgae@gmail.com, dapgae@korea.com

ISBN 978-89-7574-311-5
ⓒ 2019, 정두리
나답게 · 우리답게 · 책답게

정두리 청소년시집

질투의 힘

도서출판 답게

'청소년을 위한 시'를 쓰는 동안
내 눈에는 오직 그들만이 전부였다.
반짝여서 미더운 그들, 그러면서도 내가 누구인지도
모르는 또 다른 그들을 보며 근심하고 아파하였다.
그러다가 어느 날,
그들 속에 심푸냥이 주저앉아 있는 나를 보았다.
'손님, 여기서 이러시면 안 됩니다'는 말을 듣기 전에
일어나야 하는데도 일어 설 수 없었다.

'어, 시에 내가 있네'

그래 맞아.

니들이 함께 해주어서 시가 줄을 잡을 수 있었어.

ㅅㅈ,ㄹㅇ, 도와줘서 고마워.

니들과 함께 시가 걸어 갈 수 있을 거야.

그곳이 어디인지, 미리 알려고 하지 않을 게.

오늘도 툴툴거리는 니들을 기웃거린다

환하게 웃는 모습을 보며 나도 미소 짓는다.

너들을 지켜보는 일이 습관이 되었지

나의 눈물과 사랑을 너희에게 크게 띄운다.

청소년소설과 함께 할수 있도록 '시의 자리'를 마련 해준 '답게' 장소님 사장님과 편집부 여러분 감사합니다.

봄꽃이 피는 날에

정두리

| 차례 |

01

화살표

화살표

이를 테면,
길 없음
막다른 길
누군가에게 이런 안내를 받고 싶다

이리로 가거라
꼬부라져도 길은 있다
낭떠러지는 아니다
그러니 주저앉지 마라

이런 화살표를 만나고 싶다.

비밀번호

내게 비밀이 생겼다
당연, 말하고 싶지 않다
조심해야 한다
감추게 된다
아끼게 된다
비밀이 왜 비밀이어야 하는지
비밀번호가 있어야 하는 건
그래서야.

밤길주의보

늦게 나다니지 마라
겁도 없지
누가 끌고 가면 어쩌려고!
아니다, 니가 니 발로 누굴 따라가는 게
더 큰 일이다.

자화상

그리다 보니
내가 아니다
펼쳐 놓으니
더욱 그렇다
동그란 눈
자그마한 얼굴

닮고 싶은
아이유 닮았으니
그럴 수밖에.

실망

-은행나무

처음엔 몰랐다
의젓하고 단단한 몸피
황금빛 손바닥을 흔들며
사람들을 부르던
멋진 네가
이렇게 구린 똥 냄새를
마음 놓고 풍기리라고는,
그래서 아무리 못가도
일 년은 사겨봐야 한다니까.

쿡방, 먹방

그나마 냄새를 맡을 수 없어
다행이지 뭐야
저렇게 크게 싸잡아도
입속으로 모두 들어가네
우걱우걱, 저 개그맨!
먹기 전부터 불러있던 배가
본격적으로 들썩인다
어쩌나, 나도 먹고 싶다

'얘, 너 다이어트 한다며!'
채널을 돌리는 엄마
'내일부터 할 거야'
냄비에 물 부어 불에 올리고
라면봉지 뜯는다
심술도 함께 뜯겨 흩어진다.

오글오글

엄마한테 눈을 마주치며 '사랑해요'라고 해봤니?
아빠 손잡으며 '고마워요'라고 말해 봤니?
상추 잎 펴서 삼겹살 마늘쪽 파 채 얹어
'아'하세요, 엄마 입으로 쑥 디밀어 보았니?
그거요? 오글오글!
그 오글거림에는 약도 없어요
오글거리지 않으려고 편하게 살아요.

두발자유

앞머리를 클립으로 말고 외출준비 끝!
너도 그런 흉내를?
(아 참, 그게 자존심이라더라)
버스 타면서도 풀지 않을 거고 언제 풀어서
이마 위를 볼륨지게 가리려나?

어깨까지 내려온 머리를
큰 고개 짓으로 한 번 휘익 흔들어 보고
거울 향해 만족한 표정

이제 머리에 대한 무한자유
길어도 짧아도 노랑머리여도
벌점과는 상관없다지?
머리카락이 주는, 너를 세우는 힘
이미 삼손이 된 네 머리카락.

풍기문란

'풍기문란'의 뜻은
「풍속과 기강이 대단히 어지러움,
실이 엉긴 것처럼 엉망」이라
사전에 풀이해 놓았다

우리 동네 도서관
이층 베란다 정원을 나가는 문을 폐쇄하고
'풍기문란'으로 사용할 수 없다,고 이유를 밝혔다

니들이 정원에서 엉망으로 놀아서 문을 닫는 것이래
도와주렴,
미니정원에 핀 미스 김 라일락 보고 싶은데~

쌍둥이 처음 보세요?

우린 일란성 쌍둥이
쌍둥이 처음 보는 얼굴로
고개 돌려 다시 쳐다보지 마세요

같은 학교라 교복은 똑 같아요
우리 서로 닮지 않으려고
무지 애쓰는 거 아실 텐데요

나 닮은 애,
또 다른 나까지 신경 쓰기
쉽지 않아요.

원 플러스 원

둘을 하나로 묶어 놓았어요
한 개 값에 두 개
하나는 그저 얻는 덤
하나가 살짝 부실할 때도 있지만
엄마가 좋아하는 장보기 품목이죠

그런 생각을 해요
공부 잘 하고 아들인 오빠
그 오빠에 따라 가는 나는
그저 얻어진 덤이라는~

너는 누구인가?

'겨울이 지나 봄이 올 때까지
조금만 기다려 줘 데리러 갈게'
BTS의 노래는 나를 흔들고
주먹 쥐게 만들고
함께 움직이고 춤추게 해

끊임없이 던지는 메시지
'일어나, 그리고 네 목소리를 들어'
'나 자신을 사랑하라'고

누구도 이렇게,
두근거리는 숙제를 내주지 않았어
눈물나게 만들지 않았어
나를 향해서
너는 누구인가? 묻지 않았어
기다려 줄래, 나의 대답을.

단짝

김밥, 오뎅 국물
햄버거, 감자칩 케챱
짜장면, 단무지
피자, 콜라 피클
와, 환상의 단짝들이야

김재경, 조민서
서서히 알아가고 있어
조금씩 드러나고 있어

단짝이 되려면
얼마나 걸릴까?

꼬랑내

마늘 냄새
담배 냄새
아가의 젖냄새
노인 냄새
모두 그 사람이 사는 냄새

그런데, 재경아
운동화 벗고 들어오는
네 발에서 나는 끔찍한 냄새를 어찌하니?
10원 짜리 동전을 넣어두든지
식초를 뿌리라고 그러더만

나이로 오는 머슴애 냄새니까
네가 꼬랑내 팡팡 풍기며
잘 크고 있다고 믿을 게.

02

행운아, 내게로

행운아, 내게로

있잖아,
네 잎 클로버도
모여 살기를 좋아하나봐
이 자리에서 스무 잎도 더 땄어

'애, 뭐 하니?
뭘 찾니?'
지나가던 모르는 아줌마도
덩달아 함께 찾게 되었어

네 잎 클로버,
행운을 준다고 믿기 어렵지만
안 믿기도 어려우니 어떡해!

가만 생각하니까
내가 찾아다니기보다
네가 내게 다가오는 것
그것이 행운아님?
내 말 틀린 거 아니지?

교복에 대한 예의

교복 입고 안 했음 좋겠어
골목에서 담배 피고
침 뱉고
교복 입은 여학생과
시시덕거리며 스킨십 하는 거

삼선슬리퍼 신고 줄추리닝이나 청바지 입고
그러란 건 아니야, 잘 알면서~
최소한 교복차림은 아니었으면 싶어
교복은 그 학교 학생 모두의 얼굴이고
모두의 얼굴에 대한 예의를 지키자는 것이니까.

화장 실컷 해보기

버스정류장에서
우르르 버스에 오르는 학생들
여학생들은 하나같이 입술이 붉다
뽀얗게 피부를 만들고
눈썹도 살짝 손보았다
시간이 걸렸겠지?
슬며시 웃음이 난다
지들끼리 그려보고 바르고 봐 주고 했을
그 시간이 안 봐도 훤해서다
얼마나 신기하고 재밌을까?
달라지는 얼굴을 보면서~
'안 해도 예쁘다'
'빠른 화장은 피부에 나쁘다'
그런 충고 안 먹힌다, 짜증 날 거다
싫증날 때까지 발라보고 그려보고 해봐라
그런 다음 느끼게 되는 게 있을 테니
그게 뭐든 그 쪽으로 움직여라
누가 니들의 재미를 막을 것인가?

짧은 치마

너무 짧은 거 아니야? 교복치마!
그래야 다리가 길어 보이나?
차렷 자세 하고
가운데 손가락 보다 길어야
치마, 반바지 맞는 길이라고
말하던데 못 들었니?

무릎담요 휘감아
스커트로 만들지 말고
고개 숙이지 마
자칫 똥꼬 보일라

짧은 치마 입었어도 당당하게
자세 흐트리지 말고
주뼛거리지 말고 걸어야 예뻐!

도긴 개긴

성적도
키도 체격도 비슷
사는 동네도
아마 아파트평수도 같을 걸
조금이라도
잘난 척 할 수 없는 사이
우쭐대면
종아리 걷어차일 수 있는
견주어 볼 게 없어진
이미 다 드러나 있는
그런 우리 보고 하는 말.

카톡

1이 사라지기를
내 마음 알아주기를
아니, 그대로 있기를
안 열어 보았기를
그래서 답이 없기를
그리 믿고 싶다

오늘 너랑 사귀고 싶다,고
처음 털어 놓은 날.

벚꽃 길

벚꽃 축제 길을
할머니랑 걷는다
꽃잎이 하늘하늘 날다가
가만히 주저앉는다
'참, 예쁘다
우리 주경이 닮았네'

한 번 뿐인 인생의 봄이
지금이라고요?
에잉, 아닌 데요
겨울과 여름사이의 봄은
언제나 도둑고양이처럼 사라지곤 했어요
내가 스스로 화안하게 피어야
봄이고 꽃인 거지요.

왕, 왕, 왕

왕회장님
왕할머니
왕언니
그리고 우리 반 왕세준
그 집 왕돈가스
또 있다
아, 왕따
아직도 왕이 납시어 계신다
그 힘을 여전히 누리고 산다.

꿈이 크다

나의 키 170센티
몸무게 62 킬로그램
키는 더 커야 하고
허벅지는 가늘어지고
몸무게는 줄어야 한다

나의 꿈은 발레리노
무대 위의 나를 위해
다이어트는 기본이고
연습은 일상이다
높은 발등 때문에
바닥에 쓸려 붉게 화상 입은
내 발등을 본다

그러나 더 힘들고 아프고 싶다
발레리나, 강수진의 굳은살이
동전 크기 훈장처럼 붙어 있는
아름다운 발가락
나도 갖고 싶다.

엽기적

먼저 폼 잡고 엽기 사진부터 찍고 나서
장소 바꿔 떡볶이 집,
떡볶이도 엽기적인 것으로
호오호 맵다
입술도 뺨도 문지른 듯 붉다
서로 거울이 되어 바라보고 웃는다
우리 끼리 만나면 즐겁다

울적할 때,
좀 달라지고 싶을 때
나를 '소확행'으로 이끌어주는
엽기적 일탈은 걱정을 날린다
나는 엽기에게
자꾸 끌린다
별거 아닌 것에 엽기라고 이름 붙여 준
누군가 고맙다.

나쁜 친구

너, 야동 보여줄까?
키스해 봤어?
가르쳐 줄까?
네겐 나의 대답은 필요가 없는 거였어

뜬금포를 날려서
나를 기죽게 하고
움찔 놀라게 만들곤
그게 재밌어 죽는

넌 나랑 다른 친구이고
막 나가는 친구이고
친구라고 불러도 되나 싶은
그런 친구였어.

부메랑

얼굴 구기며 욕 하는 너,
욕을 입 밖으로 내뱉는 거 같지?
아니야
×× 로 표시되는 지독한,
옮기기도 불편한 욕
몇 곱으로 곱하기 되어
뱉는 입으로 되돌아
그 욕이 너를 긁어 놓는다
욕은 부메랑이다.

태풍주의보

아무리 일기예보가
영특하게 알려주어도
큰 바람과 비 앞에서는
어쩔 수가 없다

바람에 사정없이 옷깃이 펄럭이고
한 번 비에 젖으면
그냥 비 맞고 걸어야 한다

그러다,
해가 들면 두 팔 벌리고
햇살을 받아 안고 감사하는 일
비와 바람은 끝 날 때 있다는 것을
믿는 일이 남아 있다.

패딩 점퍼

김밥말이 같다느니
걸어가는 침랑이라느니
개성없이 너도 나도
길마다 단체행렬이 떴다고
지적당하지만
이 보다 더 따뜻하고
막무가내 편안하고
추위 앞에
당당하게 맞설 수 있으니
패딩 입고
이 겨울, 누비며 일어설 거야.

03

고백

고백(1)

학교 부근 분식집, 특히 라면
달고 짠 맛에 길든 입맛
그 입맛으로 키가 크고
몸무게가 불고
성장통을 앓고
그리고 친구를 만나고
금세 친해지고 헤어지기도 해요
먹고 자고, 일찍 일어나기가 힘들고
게임하기에는 지침이 없고
아니, 너무 애정하고요

엄마에게 습관처럼 지청구를 듣고
야단을 맞지요
'뭐가 될래?' 그러게요
'그냥요' 이런 말 밖에
아직 답을 못하겠어요
그래도 조금씩 포기할 건 하고
해야 할 일을 찾아 하고
방학 끝나면 달라지려고 해요
애쓰고 있음, 노력하고 있음
주눅 들 때도 있음을 고백합니다.

고백(2)

진실게임 아니다
이 자리에서 하는 고백성사다
누구에게도 쉽게 털어놓기 어려운
그래서 불안이 쌓인다
아빠 지갑을 열고 꺼낸
사임당 한 장
(아빠 왜 아직 모르고 있는 거야?!)
그 돈 어디에 썼는지를 잊고 싶다.

고백(3)

질풍노도란 말의 뜻,
뻔한 못된 짓
터무니없는 억지를
인정해 달라는 게 아니다
자기 마음을 자기가 모르겠다는
황당한 고백을
당당히 할 수 있다는 것이다.

고백(4)

'콩 한 쪽도 나눠 먹어라,
 더구나 동생하고는'
그 말 뜻 모르는 거 아니다

콩 한 쪽이라면
그거 아낌없이
동생에게 양보하고 만다

바나나우유
콤보 치킨
조각 피자
양이 작으면 더욱 나누기 어렵다

네가 없을 때
혼자 먹고 난 후
약간의 미안함
동생아, 용서해라

콩 한쪽이 주는 숨은 의미를
잠깐 모르는 체 했다.

고백(5)

'너 불만 있냐?
반항 하냐고!?'

나의 침묵은
누구를 분노케 하려고
그런 건 아니예요

차라리 이해부족이 나아요
오핸 마세요

열심히 설명하거나
원하는 대답이 아닌 것에
해명하기 싫다는
같은 말에 답하기 신경질난다는
그것이 문제 일 뿐이예요.

바보

-인정 한다

'조진영 바보'
시골할머니 댁 뒤란 시멘트벽의 낙서
겨우 제 이름 쓰는 주제에
새로 바른 벽 굳기 전에
동생이 한 낙서
아직도 그곳에 가면
희미하게 남아 있다
그땐, 콩콩 알밤 먹이고
동생은 앙앙 울던 기억난다
그러나 맞다
가끔 내가 '바보' 같다 느끼는데
동생이 어떻게 미리 알았을까?

빨강

우리 할머니에게는
불타는 지옥 불
그래서 무서운 빨강

동생에겐
달력에 표시된 노는 날
신나는 빨강

이번 겨울 시작되고
신상으로 구입한
폴라스웨터
내게는 너무 사랑스러운 빨강.

버킷 리스트

버킷 리스트에 오르는 목록은
하기 어렵지만,
하고 싶은 일이다

적어 놓고 매일매일 읽어 보란다
그래서 내가 할 일이다,하고
깨달을 수 있게

1) 국도 7번 길 여행
2) 백두산 천지를 만나기
3) 스카이다이빙
4) 한국대표소설집 읽기
5) ……

이렇게 적기 시작하면
이미 첫 발을 내디딘 듯
설레인다
마음이 부푼다.

만사형통

학교 가는 큰 길 네거리
안내 현수막

'아직도 떨리십니까, ○○스피치학원'
'한 달 8kg 책임감량 ○○한의원'
'영수 수능 정예반 ○○ 학원'
'노인 케어 종일반 ○○요양원'

말 잘 하도록 해주고
다이어트로 날씬한 몸매 만들어주고
치매 할머니 걱정말라 하고
공부 잘 하게 도와준다는
현수막 안내

오늘도 읽으며 간다
이 세상 걱정 말라는 글을.

끈

오른 발의
풀린 운동화 끈
무심코 왼 발이 밟아
그대로 고꾸라질 듯
휘청거렸다

끈 하나가
자칫
나를 넘어트릴 수 있다는 거
끈 하나의 힘
이제 알겠다.

동지의식

애들과 다툴 때 당연 네 편
화장실도 같이 간다
'쟨 내 친구'라는 믿음까지
시간 좀 걸렸다
많아도 진짜 친구가 없다는 생각을
왜 해?
우린 공유하는 것도 제법 있다
비밀의 70%쯤 열어 보일 수도 있어
새로 생긴 여자 친구 얘기까지
핸드폰이 베프였던 내가
동지를 만났어
독립운동이라도 할 수 있을 만큼.

다를 거다

우린 같은 아침을 맞고
학교에 간다
숙제를 안 해도
중간고사 망했어도
아, 그냥 가기 싫을 때도
학교에 간다

같은 메뉴의 점심을 먹고
오후수업이 시작되고
저 쪽에 앉은 애는 엎디어 자고
앞의 아이는 딴 짓하고 있다

지금 우린 같은 곳에 있지만,
아마 앞으론 달라 질 거다
그런 예감이 기분을 우울하게 한다.

미안, 미안해

동네 어린이놀이터가
니들 노는 데야?
교복 입은 남학생 셋
주볏거리며 서 있다
조금있다 한 녀석이 와 보탠다

아무래도 수상하다
니들이 모이면
나쁜 데다 힘을 쓰더라
돌려가며 담배를 필까?
아니면 누굴 향해 주먹질을?
가만 보니 두 가지 다 안 한다
그들은 주르르 다른 곳으로 옮겨 간다
어디로 가나?

나중에 알았다
뭘 살까,
N분의 일로 돈을 거뒀다네
넷이서 친구생일 모임에 갔다는구만
재밌게 놀았다는 소문이었어.

'공부가 가장 쉬웠어요'

형!,
전설 같은 말
'공부가 가장 쉬웠다'고 했지요?

막노동자 출신으로
서울대 수석 합격한 장승수형
노동판의 막일
가스, 물수건 배달원
그 중에서 공부가 제일로 쉬웠다는
지금은 변호사가 된 승수아저씨

용기와 꿈을 버리지 않으니
되더라,는 말
해보라,는 격려
믿기지 않지만 믿어 볼래요.

04

살리에르의 질투

살리에르의 질투

-모짜르트 만세

모차르트가 아니면
살아남지 못한다
엽서, 초콜릿, 마그넷, 열쇠고리
우아한 웨이브 금발을 한
35세의 모차르트는 늙지도 않고
영원히 살아서
오스트리아를 먹이고 입히고
살아남게 만든다

'주여, 재능은 주지 않으시면서
어이하여 질투는 주셨나이까?'
안토니오 살리에르,
슬픈 모차르트를 향한 당신의
질투의 힘까지도
모차르트를 돋보이게 한다.

질문 있어요

'나 하늘로 돌아가리라
아름다운 이 세상 소풍 끝나는 날
가서 아름다웠다고 말하리라'
　　　　　-천상병 '귀천'

천 시인님,
이렇게 재미없는 소풍도 있나요?
보물찾기도 없고 도시락도 그저그런
흥 나지 않는 소풍 말이예요

그때가 좋았다,
'아름다웠다'고 말할 수 있는 날
얼마나 지나야 알 수 있을까요?

진짜 사나이

군대를 다녀와야
사람이 된다고요
정말 그런가요?
'진짜 사나이'
텔레비전으로 보는 예능프로
훈련이 힘들어 울고불고
미리 겁주시네요
저,
꼭 사람이 될 거지만
저렇게 힘들어서야~

애기씨

뽐내며,
'우리 애기예요. 예쁘지요?'

아, 애기씨!
어머니랑 1도 안 닮았네요
솔직히 애기씨가 훨 예뻐요.

힘 빼시고~

주사 놓는 간호사 선생이
'학생, 힘 빼! 이렇게 힘을 주면
주사를 못 놓아'
뾰죽한 주사바늘이 뚫고 들어 올
그 날카로운 힘 앞에
나도 모르게 힘을 주었나 봐
힘과 힘은 닮아서
서로를 거부하고 겨루게 되고
급기야
주사바늘까지 부러지게 만들지.

어떤 대화

늦게 들어 온 아들에게
'어딜 간 거야?'
'민서 집에,
걔 생리통으로 많이 아파서
약 사다주고 왔어'
'그 아이는 가족이 없대?'
'나, 걔 가족이 되기로 했어'.

대학가면

세상의 반은 여자야
대학 가 봐라
저 정도 애는 끝줄에도 못 선다
미안해, 민서야
우리 엄마 말, 못들은 걸로 해
얼결에 엄마를 만나 공손하게 인사까지 했는데

떨어져 있어 너는 못 들었을까,
내가 듣고도 기분이 살짝 이상해지려고 해.

노랑 새

독서실에서
네가 와야
잠을 주무시던 할머니

끝내 기다리다
그 기다림 내려놓고 떠나셨다

오지 못하는 벗들은
이제 노랑 새가 되고
노랑꽃이 되어
하나 둘 우리 곁에
오고 있다

남아있는 기다림과
그리움을 다독여 주려고.

서로의 비극

아유, 말 말아요
자식 선별해 낳을 수 없고
겉 낳지, 속까지 낳을 수 있나요?

훨, 부모 골라서 태어날 수 없고
닮기 싫은 거 가려가며
클 수도 없네요.

엄마를 위한 피자 레시피

시키는 대로
하라는 대로
말 잘 들어 받은
둥글넓적한 피자 도우

기말고사 성적 올려 파인애플 토핑으로
글짓기 상 받아 모짜렐라 치즈로 올리고
내 방 청소해서 얻은 식용미니 장미
그리고 베이컨 조각
엄마 기분 좋아 얻어낸
두어 숟갈 꿀은 소스

와, 노릇노릇 구어 나오는
고소한 냄새

엄마가 좋아하는 레시피로
오븐 구이 한
피자 한 판 여기 있어요.

05

용돈의 행방

용돈의 행방

- 엄마에게

고구마줄기, 깐 마늘, 완두콩, 풋고추
내 가방에서 꺼내지는 채소들을 보고
'이게 학교 갔다 오는 학생가방에서 나올 물건이냐'며
야단쳤지요?
요즘은 아예 놀라지도 않더군요
이런 거 사느라고 다 썼으니 용돈 안 준다는 엄마
맞아요, 한 봉지 이천 원짜리라도 모아보면 작은 돈이 아니었어요
그러나 어쩌지요? 나는 계속 이렇게 용돈을 쓰게 될 텐데요
어느 날,
골목 어귀에 앉아 밭에서 따온 물건을 파는 할머니와
눈이 마주쳤지요
엄마야! 내 눈을 의심했어요
우리 할머니야, 어쩜 저렇게 닮을 수가!
오른쪽 눈두덩이 내려온 것도 같아
그날부터 나는 할머니 좌판의 물건을 손에 잡히는대로
사기 시작했어요
'아가, 이젠 그만 사줘도 돼' 미안해하는 할머니에게
'엄마 대신 사 가는 거'라 말했어요
'도토리묵 엄마한테 무쳐달라고 해, 내가 쑨 거라 맛있어'
할머니 말에 왈칵 눈물이 났어요

우리 할머니도 도토리묵 맛있게 쑤었거든요
나는 알고 있어요, 할머니는 엄마의 차가움에
우리 곁에 있지 못하고
아픈 몸으로 시골집에 내려가서 외롭게 돌아가신 것을요
저 할머니께 사는 채소, 엄마는 나무라지 말아야 해요
엄마 대신 할머니께 사주는 나의 마음이니까요.

닫아버린 문

-아빠에게

아빠,
불러보니까 목에 걸리듯 목소리가 갈라지네요
낯선 이름을, 낯선 얼굴로 부르는 기분이니까요
벌써 2년, 두 분 이혼 후
나는 엄마와 함께 아빠 곁을 떠났어요
그리고 우린 서로를 찾지 않았지요

어느 날, 새우깡 봉지를 열면서
정말, 주전부리 좋아하던
아빠 생각이 났어요
치맥으로 행복해 하던 모습도요
그러면서 가슴에 '쿵'하는 느낌이 왔어요
내가 너무 성급하게 눈과 귀
그리고 마음의 문을 닫아버린 것을 알게 되었지요

아빠, 건강하세요
내가 아빠를 찾을 때, 예전과 크게 다름없는 모습으로
내 앞에 서 있어주세요
원망이나 후회는 하지 않을래요
우리의 이별은 아픈 가족력이 되었어요

나의 소원을 아빠에게 말 할 수 있는 날을 기다려요
아빠, 들어 주실 거지요?

중간치 아들이

-엄마에게

'니가 엄마 마음을 알기나 해?'
오늘도 엄마의 지정곡을 듣고 나왔어요
니들 마음을 어른들이 몰라주는 게 아니고,
부모 마음을 니들이 얼마나 아느냐는 게
엄마의 강력한 주장이지요
우리 엄마, 이문세의 '옛사랑' 좋아하지요
흥얼거리다 아예 생목으로 부르기도 해요
'우리 아들은 말야, 전생에 내 애인이었어'
이런 말 친구와 나눈다는 거, 민망하지만 알고 있어요
그건 엄마가 나를 사랑한다는 또 다른 표시라 생각해요

'엄마가 담근 간장게장 생각 나'
가끔 엄마가 엄마를 그리워하고 보고싶어 하는 것은
외로움을 느낄 때라는 것도 알아요
일등 하라는 소리 절대로 안 해, 중간만 해
일 등 남편 해달라곤 안 해, 그냥 보통 남편이면 돼
엄마에게 아빠와 나, 두 남자는 중간도 못 되는 점수란 것이지요
'중간'을 읊조리지만 그건 결코 진심이 아니고
포기치의 점수라는 것
흰 머리카락 뽑다가 이젠 염색하기로 마음먹은 엄마

이만하면 엄마에 대해 중간쯤은 알고 있는 아들이 되나요?
중간치 밖에 못나가는 아들을 용서하세요
엄마를 사랑합니다.

아빠의 사라진 꿈

-아들의 글

'적의 다음 행동을 예측할 수 없을 때에는
적이 무엇을 했을 때 내가 가장 타격을 입겠는가,
즉 나의 제일 큰 약점이 무엇인가를 생각하라'
랑야방의 '풍기장림',
장림에 바람이 부니까 고난의 가시밭길이 시작되지요
중국드라마 풍기장림을 아빠랑 히히거리며 봐요
15세 이상이니 안심하고 보는 거죠

나의 최대 약점은
끈기 없고 게으르고, 아니까 다행이라고요?
그런데 내가 보기엔 아빠와 나는
붕어빵 약점을 지녔으니 어쩌지요?
휴일 소파에서 꺾어진 자세 유지하기,
분리수거 해달랄 때 즉시 시행하지 않아서
엄마에게 욕먹기
세탁기에 빨래거리 구분해 넣지 않아서 야단맞기
무엇보다 안정되지 못한 아빠의 직업전선, 그곳에서 밀리는 듯한
모습까지 아, 측은합니다

야, 니 엄마 내 첫사랑이었어

얼마나 순진하고 예쁜 아가씨였는데
그 첫사랑은 도대체 어디로 떠난 거지?
아빠, 어서 꿈에서 깨어나세요
더 큰 일 겪기 전에요.

검게 빛나는 먹물

-할아버지께

할아버지,
먹물에 얼굴이 비칠 때까지 먹을 갈아라, 하시면
그게 그렇게 긴 시간으로 생각되고 싫증날 수가 없었어요
할아버지 방에서 나는 먹물냄새,
솔직히 맡기 좋은 냄새는 아니었지요
죄송합니다.
취미생활의 경지를 넘어 선 할아버지는 숨은 서예가셨어요
가끔 저를 불러 먹을 갈게 하시곤 이런저런 얘기를 묻고
할아버지 얘기를 해주셨지요
그날 저녁식사 하고 8시 뉴스,
끝까진 아니고 거실에서 같이 보시고,
아침에 움직임의 소리가 없어 문을 두드렸어요
할아버지는 그렇게 거짓말 같이 먼 곳으로 떠나셨어요
돌아가셨으니 그 곳은 원래 할아버지가 머무셨던 곳일 테지요?
아니면 다시 가시기로 약속된 곳인가요?
그 곳에는,
봄이면 살구꽃 피는 언덕에 할머니 만나 걸어가는 길이 있고
밤이면 작게 빛나도 죄 별들이 반짝이나요?
먹물 찍어 글을 쓰고 강을 만들고 산을 세우는
할아버지 손등의 힘줄이 기운차게 움직이는 곳일 테지요

그래도 너무 말없이 가셨어요
큰 소리로 웃으실 땐 참 멋지신 할아버지
제게는 한없이 너그러운 분,
다시 만나도 저의 할아버지가 되어 주세요.

우리는 특별한 연대

- 고모에게

엄마의 친구는 모두 이모, 그래서 나는 이모가 엄청 많아요
가끔, 엄마의 수다 친구인 이모들이 진을 치고 있는
거실을 지나가려면
난리도 아니예요
'애, 많이 컸네 몇 센티야?'
'피부 좀 봐라, 좋을 때다'
이럴 때 꼭 한 번 걸고 가는 이모도 있어요
'다이어트 시작 해야겠네'
내게는 모두 영혼 없는 소란스러움일 뿐이지요
그들이 돌아가고 나면 겪게 되는 후유증도 만만치 않아요
'아까 얼굴 표정이 그게 뭐야?'로부터 엄마의 훈계를 듣게 되지요
이모가 아니면서 이모인 그들,
엄마도 또 다른 아이의 그저 그런 이모일 테지요

내게는 단 한 분의 고모가 있어요
고모는 일을 하는 분이라 시간이 없고 늘 바빠요
그래선지 고모는 만날 때마다 피곤해 보였어요
가끔 용돈을 쥐어주며(돈을 주어서 좋다는 건 결코 아니예요)
'힘들지? 잘 할 거라 고모는 널 믿어' 그 말에 고개가 숙여져요
고모는 엄마에겐 시누이,

시 짜가 싫어 시금치도 싫다는 엄마를 포함한 이모들께는
미안해요
같은 최씨 성을 가진 고모와 나, 우리는 특별한 연대
나, 고모 딸 하고 싶어요
이건 비밀입니다.

나에게 보낸다

-발에게

오늘도 애썼다
이제 씻고 밥 먹고 고생한 내 발을 두 손으로 꽉꽉 눌러
주물러 줄 때야
어느새 발톱이 길었네
손톱보다 더디게 자라지만 엄지발톱은
양말에 구멍을 내기도 하면서 존재를 과시하지
알았어, 곧 잘라 줄게
우리 오늘 뭐 했지?
매양 그날이 그날인 날이지만
그래도 기억할 두어 가지 일은 있었지
아깐 잘 참았어, 참는 게 이기는 것이더라고
재수없이 구는 규진이를 그냥 봐 준 거
그 아이 약 올라 하는 표정을 난 보았으니까
기말고사 성적에 실망한 거, 스스로 내 탓이라 여긴 것도 좋았어
나의 부족을 아는 것, 나름 괜찮은 일이잖니?
270센티, 튼튼한 내 발
나는 너를 사랑해, 그리고 고마워
네가 아니면 내가 어찌 앞으로 향할 수 있으며
화가 날 때 쾅쾅 구르기를 할 수 있겠니?
운동화 속에 가두고 이제사 놓아준 것 용서해 주어

내일도 내가 제대로 걸어가게 함께 해줄 거지?
홧팅, 또 홧팅이야!

선생님께

클라라 선생님,
선생님을 만난지는 초등학교부터이니 6년이 되었어요
어려서는 몰랐지만
선생님의 눈은 첼로를 연주하실 땐 빛이 났어요
첼로는 사람의 목소리와 가까운 소리를 내는 악기이고
가슴으로 안을 수 있는 친근한 악기라고 하셨지요?
이제는 그 말씀 다 새겨들을 수 있어요
선생님은 첫 째도 둘째도 연습이 중요하다고
엄하게 어떤 날은 무섭게 가르치셨어요
65세의 연세에도 어디서 나오는지 모를 열정을 보면
절대로 게으를 수 없게 되고 핑계 댈 수 없게 하시지요
선생님은 학생들을 죄 꿰뚫어 보는 눈을 가지셨거든요
제가 콩쿨에서 기대한 성적을 내지 못할 때도
'곧 너의 때가 올 것이다'고 믿어주시고 힘을 주셨어요
제가 금방 들키고 말 꾀를 부릴 때도 기다려주셨지요?
저이들이 뒤에서 '할매선생 무섭다'고 한 말 눈치 채고도
암말 안 하셨던 것도 지금 생각하면 좀 부끄러워요
만약 우리 집에 무슨 일이 생기면,
나는 첼로를 메고 뛰어나올 것이라고 말 해 엄마를 놀라게 했어요
하늘이 준 선물이 악기라고 했어요

그 중에서 첼로를 제 곁에 있게 해주신 선생님,
언제나 선생님을 존경하고 사랑하겠습니다.

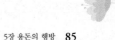

교회 오빠

－ㄱ ㄱ ㅈ 오빠에게

기타 잘 치는 오빠, 맛있는 거 잘 사주는 교회 오빠, ㄱ ㄱ ㅈ
사람들은 '교회 오빠'에 대해 약간의 편견이 있더군요
'교회 오빠'를 조심하라는 거요
우리끼리도 말해요, 그 정도 떠도는 말은 알고 있다고요
오빠도 그 말을 하곤 웃었지요?
오빠는 현악기를 좋아해서 우쿨렐레도 연주하고, 요즘은 해금도
배운다지요?
교회여름수련회에서 처음 오빠노래를 들었어요
자신 없는 듯 시작했지만, 너무 잘 불러 놀랐어요
그 자리의 우리는 오빠의 매력에 절었어요
오빠와 하는 노래는 우리의 기도보다
먼저 하늘에 닿을 것처럼 느껴져요
우리의 기도를 하늘에 올려주는 오빠를 좋아할 수 밖에요
나만 그런 게 아니라서 다행이고 또 불행이기도 해요
오빠가 원하는 대학에 들어가고, 작곡공부도 열심히 하고
이다음 오빠의 노래를 부를 수 있도록 해주세요
그리고 우리 모두의 오빠로 계속 있어 주세요
이 말 해놓고 후회할지 모르지만,
마지막으로 중요한 말을 할 게요
우리 오빠보다 오빠가 휠 매력적이라는 걸요
어쩜 뭐 사실이니까요.

기정이 언니에게

언니야,
이렇게 불러보니까 쬐끔 어색하기도 해
우리는 서너 달에 한 번 보는 언니 동생 사이
나보다 일곱 살 많은 대학생이 된 기정이 언니
나는 이제 중학생 동생
우리는 한집에 살고 있지 않지만 어느 자매보다
가까운 사이라고 믿고 있어

5년 전, 외할머니 집에서 처음 언니를 만난 날은
한 마디로 놀라고 당황스럽고
나중엔 눈물이 우리들을 함께 적시게 했어
그날 이후, 언니는 내게 긴 편지를 보냈지
나는 줄 치며 읽지 않았지만 읽고 또 읽어
언니의 마음을 다 알 수 있었어
엄마가 같은 우리, 그러나 낳아준 엄마와
살아 본 적이 없는 언니여서 늘 무언가 부족하고
또 억울함으로 어두운 얼굴이었어
그건 엄마도 마찬가지 아닐까?
언니야, 우리 사이의 아픔은 우리 몫이라고
언니다웁게 말해주었어

나는 그런 언니가 있어서 참 좋아
언니야, 우리 자주 만나자.